MARJORIE MILLS

010561

Un petit garçon pêche une baleine

L'pa'tu'ji'j Ne'pa'tl Putupl

A Little Boy Catches a Whale

D1244797

MARJORIE MILLS PUBLIC SCHOOL

Adaptation en français de Judith Perron

Kisi kewanskiwi'kik Helen Sylliboy

English version by Allison Mitcham

Illustrations de Naomi Mitcham

Bouton d'or Acadie

This book was purchased from
GoodMinds.com, an Aboriginal
owned distributor. To re-order:
Please call toll free: **1-877-8 NATIVE**
Or visit: **www.goodminds.com**

Il était une fois un vieux couple sans enfant. Un jour, alors que l'homme et la femme travaillaient dehors, ils entendent un drôle de bruit, comme si quelque chose ou quelqu'un s'était tout à coup mis à cogner. Ils cherchent partout ce qui pourrait faire ce bruit étrange et se rendent compte qu'il provient d'en dessous de la terre.

Na' to'q ne'wt wla kisiku'k, ta'n newti-wikisnik, nutmi'tis na't koqoey piltuistmi'tis aqq me'si kjijitu'tij. Pekija'lukwi'tij mi'soqo kisi-te'tmi'tij ta'n wejiaq. Na ali-kwiluasisnik, espitek, ejintek, klapis kejitu'tij netna wla telta'q wejiaq lamqamu'kw.

Once upon a time an old couple, who lived by themselves, heard a strange tapping sound which puzzled them. They spent quite some time trying to figure out where it was coming from. After looking high and low, they realized that whatever was making the peculiar noise was underground.

L'homme et la femme se mettent aussitôt à creuser, à creuser plus creux, et encore plus creux, jusqu'à ce qu'enfin ils trouvent... un petit garçon ! C'était un petit garçon tout pâle et maigrelet qui cognait sous la terre ! Vite, ils l'emmènent à la maison.

Na kisikuo'p aqq kisikui'skw poqji-mulqwejik. Na mulqwejik aqq mulqwejik misoqo kisi mulqwatmi'tij meski'k elmalqek. Klapis siwiejik, aqq atsa suel kisita'sisnik naqa'tinew, jijuaq, ika'jik ta'n epitl l'pa'tu'ji'jl. Wla kisiku'kw wa'qej kisi-ktlamsitasijik ta'n koqoey nemitu'tij, Mu netna pasɨk jipaqitesinu'kw, pasɨk elt ewlama'titl wla l'pa'tu'ji'jl, newtukwa'luk-wetl aqq ejele'kl. Nankmayiw, kisi ta'sisnik lma'lanew aqq ankweywanew.

So the old man and woman started digging. They dug and dug until they had quite a big hole. They were now very tired and had almost decided to give up when, suddenly, they came upon a small boy. The old people could hardly believe their eyes. They were not only startled, but also felt very sorry for the little boy who was all alone and seemed help-less. At once they decided they had to take him home and look after him.

Même s'ils sont âgés et très pauvres, pouvant à peine se nourrir eux-mêmes, l'homme et la femme adoptent le petit et s'en occupent comme s'il était leur propre fils.

Mu na atsa naqmasianuk ta'n kis tli-ta'sisnik; wla kisiku aqq kisikui'skw tewji ewle'jisnik jel wa'qej kisi ajela'tekewsijik. Etuk tal kisi iknmua'tis wla l'pa'tu'ji'jl wla mijipjewey ta'n nuta'j ? Je mu ta'pu ankita'si'kw, tewji wlmɨtoqsɨpnik, kisi ta'sisnik siawi ankweywanew wla l'pa'tujl aqq kisi kwenanew. Kisi na'tali mimatua'lataq na.

This was not an easy decision: the old man and woman were so poor that they could hardly feed themselves. How could they possibly give the little boy the food he needed? Nevertheless, because they were good, kind people, they were determined to keep the boy and bring him up. Somehow they would find a way.

Le garçon grandit et devient un excellent chasseur et un habile pêcheur. Le vieux couple est bien récompensé d'avoir pris soin du petit car, maintenant, le garçon s'assure que la famille ne manque jamais de nourriture.

Na tewji welipa'siksɨp, ke'sk wla kisiku'k teli welmito'q aqq teli weli-ankweywa'titl, welapeksisnik. L'pa'tuj mu pasɨk naqsi-kweksɨp, pasɨk katu elt mawi nta'tukulis aqq nata'kwitames, aqq msɨt weji wlawsultisni'k

As it happened, the old people's kindness and care paid off. The boy not only grew quickly, but soon became such an expert hunter and fisherman that they were all well fed.

Un matin, juste avant l'arrivée de l'hiver, le garçon dit à ses parents qu'il part à la pêche. Peu de temps après, il revient chez lui, tout heureux d'annoncer qu'il a pêché une baleine.

Na newkte'jk na'kwe'k toqwa'qek, l'pa'tuj telimasnik wla kisiku'k eliet naji-kwitamet. Ta'n tujiw wla apajipkisink, telimasnik ne'pa'tl putupal.

Then one late fall day, the boy told the old people that he was going fishing. When he returned home, he said that he had caught a whale.

Le vieux couple et le garçon se hâtent d'aller voir cette merveille. Toute une surprise les attend ! Ce n'est pas une baleine qu'ils voient sur la grève, mais un tas de grosses huîtres !

Pa'qalaikik, wla kisiku'k awnasa'tijik eli'pijik qasqe'k. Pasɨk katu awnaqa meskilkl waysisl nemianew, na msɨt nemitu'tij na' espamkɨpijik mntmu'k.

Amazed, the old people hurried to the shore. But instead of the huge creature they expected to see, all they found was a heap of very large oysters.

Sans hésiter, les trois ouvrent les huîtres à l'aide d'un couteau de pierre, et s'en régalent. Soudain, la vieille femme ressent une envie irrésistible de danser. Et elle se met à danser et à danser autour du tas d'huîtres.

Welta'sijik, ketloqo, nemitu'tij wla kelu'lk mijjipjewey, maw wiktasik. Kisiku'k poqji panto'latijik mntmu'k, ewe'wmi'tij kuntewey waqn aqq lpa etlansisnik. Ta'n tujiw mu kisi naji ki'katatalu'k, kisikui'skw poqja'lukwes aqq wisqa'sis, aqq e'plewa'sis, kikto'qalukwes wla ta'n eskwiejik mntmu'k.

Delighted, nevertheless, by the sight of this favorite food, the old people opened the oysters with their stone knife and feasted upon them. When they could eat no more, the old woman began to dance fast and furiously around the remaining shellfish.

Comme si elle était envoûtée par la danse frénétique de la femme, une des huîtres commence à grossir et, en même temps qu'elle grossit, la voilà qui change de forme... L'huître devient une baleine, une belle grosse baleine.

Na ke'sk pema'lukwej, newte'jit mntmu poqjikwes. Nikwet aqq me' nikwet misoqo teli-msɨkilk aqq telikit staqa nike' putup.

As she danced, one of the oysters began to grow. It grew and grew until it was huge and looked exactly like a whale.

16

Le garçon, l'homme et la femme s'empressent de dépecer la carcasse de la baleine pour pouvoir la conserver et la manger au plus dur de l'hiver.

Wla eteksɨp mijjipjewey wjit pukwelkl na'kwe'kl, nankmayiw ji'nm aqq e'pit aqq lpa'tu'ji'j poqji lukwejik nulapskesminew wla wktinin putupal. Wla wius wlapetaq newti-punqɨk.

Right away the man, the woman and the young boy set to work to slice up the carcass. The meat would feed them all winter.

Quelque temps après, la vieille femme meurt. Selon la coutume, son corps est soigneusement enroulé dans de l'écorce de bouleau, puis il est placé dans le caveau de la famille.

Kne'ji'jk, ika'q ta'n tujiw e'pit mpmn, oqnoqa'lus maskwi-iktuk staqa kniskamijinaqi'k i'-tla'taqɨtipni'k aqq ika'lus kniskamijinaq wutqutaqne'katimuow.

Some time later, when it was the old woman's time to die, she was wrapped in birch bark in the traditional way and placed in her ancestors' grave house.

Un peu plus tard, le vieil homme se rend visiter le caveau. Comme par magie, l'écorce tombe et il revoit le visage de sa femme. L'homme est si heureux qu'il danse de joie, là, près de sa femme bien-aimée, avec qui il a trouvé et élevé un petit garçon qui pêcha une baleine.

Pukwelji'jkl na'kwekl pemiaql, ji'nm elies naji-mittukwen wla wutqutaqne'katik. Pa'qalaiksɨp wejito'q maskwiek ejikla'tasiksɨpnek. Me' jel ne'wt asukuteskati'tl wkte'piteml, aqq me' newte' teli ankamkusitl. Welta'sit wla koqoey teli-wli-tpiaq – kespɨtek tujiw wla kisiku'k kisi wsua'la'tijek mijua'ji'jl – kisikuo'p tewji wlta'sis, jel amalkas.

After some days, the husband went to visit the grave house. He was amazed to find the birch bark covering gone. He was now once more face to face with his dear wife, who looked just as she had before. Delighted with this most happy turn of events – the last of many magical occurrences since the old couple had rescued the small boy – the old man danced for joy.

Un petit garçon pêche une baleine adapté en français par Judith Perron
Conte mi'kmaq publié par Silas T. Rand en 1894
Tous droits réservés pour tous les pays

L'patu'ji'j Ne'pa'tl Putupl kewaskiwi'kiksɨp Mi'kmawiktuk Helen Sylliboy
Amskwesewey Mi'kmawey a'tukuaqn aknutkis Silas T. Rand, 1894ek
Weli ankosasik ta'n teli-alsutmek wla msɨt mawio'mi'l

A Little Boy Catches a Whale adapted in English by Allison Mitcham
Original Mi'kmaq tale published by Silas T. Rand in 1894
All rights reserved for all countries

Illustrations : Naomi Mitcham
Conception graphique : Marguerite Maillet

ISBN : 2-922203-49-2
Copyright : Bouton d'or Acadie 2002
Imprimé au Canada par Imprimerie Gauvin
Distribué par Prologue

© Bouton d'or Acadie
   204C - 236, rue Saint-Georges
   Moncton (N.-B.), E1C 1W1
   Canada

   Téléphone : (506) 382-1367
   Télécopieur : (506) 854-7577
   Courriel : boutonor@nb.sympatico.ca
   Internet : www.boutondoracadie.com

Pour la réalisation de ce livre, Bouton d'or Acadie a bénéficié de l'aide du Conseil des Arts du Canada, du ministère du Patrimoine canadien par l'entremise du Partenariat interministériel avec les communautés de langues officielles, et de la Direction des arts du Nouveau-Brunswick.